Pendelndes Leben zwischen Morgen- und Abendland

Vidhana Sowdha, Bengaluru, Indien

Monrepos Seeschloß, Ludwigsburg, Deutschland

Subramaniya Suresh
(*1950 in Indien,
seit 1980 deutscher Staatsbürger)

Pendelndes Leben zwischen Morgen- und Abendland

Eine wahre Lebensgeschichte

Dieses interkulturelle Buch beschreibt in Episoden wie sich ein Inder seit den siebziger Jahren in Deutschland zurechtfindet.

© 2016 Suresh Subramaniya SURESH,
Ludwigsburg

Mitwirkende: Andrea Haga, Lektorin
Europäische Gesellschaft für Politik,
Kultur, Soziales e.V. Heilbronn

Herstellung und Verlag:
BoD – Books on Demand, Norderstedt

ISBN: 978-3-7431-6159-7, 1. Auflage

Inhaltsverzeichnis

Wie soll ich ihn ansprechen? **6**

Meine indische Familie **11**

Religiöse Bräuche **15**

Missionsschulen **21**

Lehrzeit **27**

Mein Fahrrad und ich **29**

Warum Deutschland? **31**

Ankunft in Deutschland **35**

Der Auftrag der Familie **36**

Leben im Schwabenland **37**

Weiterbildung zum Techniker **39**

Alleine hätte ich das nicht geschafft **45**

Dieses Mädchen veränderte mein Leben **52**

Kulturelle Identität meiner Kinder **56**

Was ich in Deutschland vermisse? **58**

Fremdenfeindliche Erfahrungen? **59**

Wo ist meine Heimat? **61**

Heimweh **63**

Was bedeutet Integration? **63**

Wie soll ich ihn ansprechen?

Die Deutschen wissen oft nicht, wie sie mich ansprechen sollen, wenn ich mich mit Suresh Subramaniya SURESH vorstelle, wie es in meinem Ausweis steht.

Mein vollständiger Name ist:
Suresh Subramaniya Raghava SURESH
Suresh – Rufname ஸுரேஷ்
Subramaniya – Name meines Großvaters
Raghava – Name meines Vaters
SURESH – Familienname

Ich reagiere auf beide Vornamen, Suresh und Subramaniya. In Indien wird der Rufname, in diesem Fall Suresh, als Familienname geführt. Einige Freunde nennen mich liebevoll Subra.

Da in Indien viele Menschen ähnliche Namen tragen, hat man die Namen der Eltern und Großeltern mit in die Liste aufgenommen, um eine Person genauer zu bestimmen.

Bei Frauen werden die Namen der Mutter und Großmutter zum Namen der Frau hinzugefügt und bei Männern der des Vaters und des

Großvaters. Früher pflegte man auch den Beruf der Familie hinten anzuhängen.

Mein Großvater, väterlicherseits, hieß Subiah Subramaniyan Aasaan (der Medizinmann), seine Frau wurde Bhagavathy Maruthuwa Ammal (die Kräuterfrau) genannt.

Meine Mutter trug den Namen Nellarusi Thayammal Leelavathy (weil meine Großmutter, mütterlicherseits, Reishandel betrieb).

Meine Urgroßmutter besaß große Reisfelder. Die Engländer, als Besatzungsmacht, wollten von den Erträgen einen großen Anteil als Steuer eintreiben. Als Protest gab meine Urgroßmutter den Wellakaran (weißen Leuten) kein Geld und nahm nur Reis als Zahlung von den Pächtern an. Manchmal „bezahlten" die Pächter und Bauern sie auch mit Fisch, Gewürzen und Kräutern. Aus den Kräutern erzeugten die Frauen Siddha-Naturheil- Medizin.

Während der Kolonialzeit wurde die Berufsbezeichnung nicht mehr verwendet, weil sie mit der [3]Kastenzugehörigkeit verwechselt wurde. Obwohl unsere Familie Hindutraditionen befolgte, unterlagen wir nicht der Kastenordnung, wurden jedoch aufgrund der Berufe, die meine Vorfahren ausgeübt hatten, respektiert, und von manchen auch gefürchtet.

Respektiert wurde die Familie, weil viele Mitglieder Waithiyar-Heiler waren und Heilmedizin herstellten. Gefürchtet wurde sie, weil sie sich der Obrigkeit, dem Raja (= dem Fürsten / Regierenden), nicht unterordneten und sich mit ihrer Kampfkunst (Kalaripayattu) zu wehren wussten. Sie waren nicht sonderlich zimperlich dabei. Auch dem Kastensystem beugten sie sich nicht.

Es wird erzählt, dass die Hofärzte die Fürstin vom Freistaat Trivancore nicht wiederbeleben konnten, als diese von der Schaukel gefallen und in tiefe Ohnmacht gesunken sei.

Daraufhin sei Subramonian Siddha-Vaidhyar (Siddha Medizinmann) herbeigerufen worden. Mein Großvater habe mehrere Neembaum- Zweige mit jungen Blättern genommen und diese in Tulsiwasser (Basilikumwasser) getaucht. Nun habe er die Mägde beauftragt, die Füße, die Hände und das Gesicht der Fürstin mit den Zweigen zu schlagen und fest zu reiben. Er selbst soll kräftig die Zehen der Fürstin massiert und gezogen und dabei mit lauter Stimme und in befehlendem Ton die Fürstin aufgefordert haben: *„Ezhu, Mozhae, Ezhu, Urakkam theernu!"* („Steh auf, Tochter, steh auf, genug geschlafen!").

Die Fürstin sei ganz verwundert aus ihrer Ohnmacht erwacht. Als Dank habe der Fürst meinem Großvater den Titel Vaidhyar-Aasaan (Meisterheiler) verliehen und einen Stock aus

Silber geschenkt. Mein Großvater behielt den Titel, aber den Stock habe er in die Ecke gestellt, weil er der Meinung gewesen sei, starke Hände zu haben und alle Marma-Punkte[2] zu kennen, die notwendig waren, um den Gegner in Schach zu halten. Es gibt insgesamt 108 Marma-Punkte (Vitalpunkte) – sie sind das Zentrum des Lebens.

Zum Vergleich: Die heute sehr bekannte Ayurveda-Behandlung ist im Gegensatz zur Siddha-Behandlung eine sehr sanfte Therapie und eine angenehme Heilmethode.

Bei Siddha-Behandlungen werden die Faszien besonders kräftig massiert, was Schmerz verursachen kann.

Meine indische Familie

Indien ist ein großes Land mit vielen Kulturen und Bräuchen. Wie in vielen Ländern gibt es ein Nord-Süd-Gefälle. Die Menschen im Norden haben üblicherweise eine hellere Hautfarbe und sprechen Sprachen, die wir im Süden nicht verstehen. Ich gehöre der drawidischen Volksgruppe an, die einen dunkleren Teint hat. Meine Familie stammt aus dem Kanyakumari-Distrikt an der Südspitze Indiens, umgeben von drei großen Meeren, dem Golf von Bengalen, dem Arabischen Meer und dem Indischen Ozean.

Es ist ein wunderbarer, mystischer Ort. Im Laufe der Zeit wanderte meine Familie bis in die südindischen Städte Chennai, Bengaluru und Thiruvananthapuram. Ich wuchs in einer Großfamilie auf und habe ein riesiges Netzwerk von Verwandten. Wir sprechen meist Tamil, die älteste Sprache der Welt, und Malayalam.

Diese Sprachen sind ähnlich, allerdings hat die Sprache Malayalam mehr Sanskritwörter und einen nasaleren Klang. Es ist interessant zuzuhören, wenn meine Verwandten aus den Bundesstaaten Tamil Nadu und Kerala miteinander kommunizieren. Mal spricht der eine Malayalam und der andere antwortet in Tamil, aber beide verstehen sich gut. Die Frauen haben bei uns in unserer Familie mehr zu sagen und sie verwalten auch das Erbe. Die Männer gehen in der Regel leer aus.

Auch heute, im Zeitalter der Gleichberechtigung, hat sich nicht viel an dieser Struktur geändert. Die Frauen bestimmen, wer wen heiratet – die Männer sind lediglich das ausführende Organ.

In unserer Siddha-Gesellschaft dürfen die Frauen ein eigenes Geschäft oder eine Schule gründen.

Die Einnahmen gehören ihnen allein. Auch die Mitgift, die sie in die Ehe mitbringen, ist ihr Eigentum. Das indische Rechtssystem erkennt dieses System unter dem Hindu-Marriage-Law offiziell seit der indischen Unabhängigkeit (1947) an. Während der Kolonialzeit verachteten die indischen Frauen die Engländer, weil diese die bestehende matriarchalische Gesellschaft nicht anerkannten. Bei Konflikten bildeten die Frauen blitzschnell ein Team und es wurde unendlich viel diskutiert, politisiert und manipuliert.

திருவனந்தபுரம்

Heute wird nicht mehr von Siddha als Familientradition gesprochen, weil sie nicht mehr in der alten Form praktiziert wird. Mit Massageöl und Medizin aus Kräutern verdient man mehr als früher. Viele junge Frauen studieren und verfügen über eine bessere Ausbildung als die Männer. Es ist inzwischen ganz normal, dass die Frauen Abschlüsse wie BSC, BA, MA haben oder als Siddha-Ärztinnen (BAMS-Bachelor of Ayurveda Medical Science) arbeiten. Die Männer sind entweder Lehrer oder Computerfachmänner (so wie ich). Ich persönlich bedauere diese Entwicklung, weil die jahrtausendalten Kenntnisse der Siddha-Heilmedizin verloren gehen.

Meine Familie hat mir das handgeschriebene Rezeptbuch meines Großvaters anvertraut. Aber wer soll die Geheimnisse der Aufzeichnungen dekodieren und der Welt zur Verfügung stellen?

An einer Stelle schrieb mein Großvater poetisch und mehrdeutig: *„Verabreiche diese Rezeptur einem Mädchen, das dreimal sechs Jahre alt ist!"* Gemeint ist eine junge Frau mit mindestens achtzehn Jahren. In unserem Siddha-Stamm herrschen immer noch strenge Normen und eine strenge Ordnung.

Zum Beispiel wird kritisiert oder gerügt, wer körperliche oder seelische Schmerzen in der Öffentlichkeit zeigt. Tadelloses Benehmen und stolzes Verhalten wird erwartet. Falls man sich in der Öffentlichkeit unangemessen verhält, wird dies als Schande für den ganzen Familienklan betrachtet und im schlimmsten Fall wird die entsprechende Person aus der Familie ausgeschlossen.

Ein Onkel, der Ehefrau und Kind hatte, nahm einmal eine außereheliche Beziehung auf. Als dies herauskam, forderte die Familie ihn auf, die Liaison mit sofortiger Wirkung zu beenden. Da er sich nicht beugen wollte, wurden Frau und Kind in die Heimatstadt geholt und es folgte der Ausschluss des Mannes aus dem Familienverband. Er durfte nicht mehr zurück in den Stadtteil, aus dem seine Frau stammte und verlor alle seine Rechte.

Religiöse Bräuche

Es wird den „Andersgläubigen" verwundern zu erfahren, dass vielen Kindern im Hinduismus nicht die „religiösen" Vorstellungen ihrer Eltern aufgezwungen werden, denn diese Erzieher können sich ja irren. Jeder soll seinen eigenen Weg erkunden, um seine Wahrheit zu erlangen bzw. zu erfahren.

Es wurde uns beigebracht, dass man den anderen Menschen von seinen religiösen Praktiken und von seiner Suche nach Wahrheit oder Gott nicht ablenken soll. Das wäre eine Sünde. Denn alle Religionen haben das gleiche Ziel. Sie versuchen, dem Leben einen Sinn zu geben.

Ich selbst habe das Göttliche im Universum gefunden. Das Universum, das man sich nicht vorstellen kann, ist für mich das Göttliche.

Es wäre auch nicht falsch, wenn man sagen würde, der Hinduismus sei keine Religion, sondern eine Weltanschauung. „Einheit in der Vielfalt" ist ein wichtiges Merkmal des Hinduismus.

Es gibt kein heiliges Buch wie die Bibel im Hinduismus, aber unzählige heilige Schriften. Die Gita ist eine heilige Schrift der Hindus, verfasst in Sanskrit als Gedicht und wird meist gesungen. Es ist eine Anleitung zum Leben in Form eines Frage- und Antwortgespräches zwischen einem Prinzen und dem Avatara von Vishnu, einer der Gottheiten der Hindus. Somit ist sie quasi die erste FAQ-Liste der Welt!

Das Leben in Indien ist Religion, denn alles, was man tut, hat irgendwie mit Religion zu tun. Seit Jahrhunderten haben die Inder ihre Lebenseinstellung und Lebensweise an die Natur angepasst, so dass die Religion fest verwurzelt und ein wichtiger Teil der indischen Kultur ist. Dabei werden zum Teil auch die Sitten und Bräuche anderer Religionen in den Hinduismus integriert.

Trotz der Vielfalt der Götter und Göttinnen ist jedem erwachsenen Hindu klar, dass es hier um Göttlichkeit geht und nicht um Figuren, Namen oder heilige Schriften.

Mit folgender Geschichte, die ich mir ausdachte, möchte ich den Begriff „Göttlichkeit" beschreiben: Ein Schüler fragte seinen Guru, wann er denn die Göttlichkeit erkennen werde.

Der Guru riet ihm, zunächst einmal alles anzunehmen und die Rituale zu praktizieren. Der ungeduldige Schüler bohrte weiter und wollte dennoch eine schnelle Erklärung haben. Daraufhin antwortete der Meister: *„Du fragst eine Ameise auch nicht, wie groß der Berg ist. Die Ameise kann es sich nicht vorstellen. Genauso wissen wir Menschen nicht, wo genau sich unsere Erde im Weltall befindet, weil wir uns dessen Größe nicht vorstellen können."*

Meine Tante hat einen kleinen Altar in der Küche für die Göttin Maariamma (Maria). Sie hat die christliche Mutter Gottes einfach in ihre Gebete aufgenommen. Die hinduistischen Götter finden ihr Zuhause im Poojaraum (Gebetsraum). Buddha steht im Wohnzimmer oder im Vorraum.

Jeden Freitag marschierte unsere ganze Familie um den fünf Meilen entfernten Ulsoor Lake (See) zum Ganesha-Tempel. Ich bin sehr gerne mitgelaufen, nicht nur, weil ich den elefantenköpfigen Gott Sri Ganesha mochte, sondern weil es an diesem Tag nach der Zeremonie leckere Süßigkeiten gab. Außerdem kamen lustige Musikanten und Sänger und erzählten sehr spannende und interessante Geschichten aus der Mythologie. Die Sänger rezitierten und sangen die Sanskritverse und interpretierten diese in den drawidischen Sprachen. Ach, ich vermisse sie. Viele dieser Geschichten über Götter, Dämonen, Fabelwesen und wie sie mit weltlichen Problemen fertig wurden, imponierten mir sehr und halfen nicht nur im privaten, sondern auch im beruflichen Leben, Erfolge zu erzielen.

Die meisten dieser Geschichten, Erzählungen, Gedichte und Gesänge berichten vom Mut einzelner Menschen und davon, wie man mit Wut fertig wird, wie man sich beherrscht und nicht beherrschen lässt, was man List und Tücke entgegensetzten kann, welche Aufgabe jeder Mensch in der Familie, in der Gesellschaft oder im Beruf hat, usw. Diese Lebensart und Spiritualität prägen mein Leben noch heute.

Hier zum Beispiel eine Geschichte aus der Götterwelt: Der Gott Shiva und seine Gemahlin Parvathi hatten einmal Ehestreitigkeiten. Shiva erkannte, dass er nicht unschuldig war und wollte sich wieder mit Parvathi versöhnen. Parvathi war jedoch noch verärgert und sprach nicht mehr mit ihm. Shiva begegnete Narada, dem himmlischen Geschichtenerzähler, und nahm ihn mit nach Hause. Parvathi wollte nicht, dass Narada von der Missstimmung in ihrem Hause erfahre und anderen davon erzähle. Sie zeigte sich deshalb von ihrer freundlichsten Seite und sprach wieder mit Shiva!

Einmal war ein trickreicher Lokalpolitiker bei einer solchen Erzählveranstaltung mit Musik und Gesang anwesend. Der Sänger rezitierte gefühlvoll und dramatisch die Geschichte eines Tyrannen aus der indischen Mythologie, der zuletzt wegen seiner Gräueltaten von der Natur mit Krankheit bestraft wurde. Die Botschaft zeigte Wirkung – der Gast besserte seine Politik zugunsten der Einwohner.

Meine Kinder kennen inzwischen sehr viele dieser Geschichten und meinen Enkelkindern erzähle ich hin und wieder eine, wenn sie möchten. Es ist manchmal interessant, wie Kinder solche Geschichten aufnehmen und welche Gedanken sie dabei haben.

Nachdem ich eine Geschichte vom vierköpfigen Gott Brahma erzählte, dachte mein Enkelkind eine Weile nach und sagte: *„Thaathaa (Opa), dann braucht ja der Gott Brahma keinen Rück-*

spiegel, weil er ja in alle Richtungen sehen kann." Ich musste schallend lachen, denn so etwas war mir in den letzten sechs Jahrzehnten nie in den Sinn gekommen. Mein Enkel schaute mich nur fragend an.

Missionsschulen

Ich besuchte während meiner Kindheit nur christliche Missionsschulen, denn die Hinduschulen waren nicht systematisch organisiert. Zuerst ging ich in die gleiche Schule, in der meine Mutter auch ihre Schuljahre verbracht hatte. Die CSI Schule (Church of South India) wurde von europäischen Nonnen geleitet. Meine Mutter hatte als Kind dort Englisch gelernt und half mir, als ich zur Schule ging, bei den Hausaufgaben.

Jahrzehnte später, als ich meine Mutter aus Deutschland besuchte, erzählte sie mir von den netten Nonnen. Ich fragte sie, ob sie sich noch an die Namen der Nonnen erinnern könne. *„Ja"*, sagte sie, *„das waren Engländerinnen. Eine hieß Gertrude und meine Lieblingsenglischlehrerin hieß Brigitte"*, und nannte noch weitere Namen. Als ich ihr erklärte, dass wenn die Nonnen deutsche Namen hätten, sie auch aus *„Germany"* stammen könnten, war sie erstaunt und fügte hinzu: *„Ja, ab und zu haben sie untereinander komisch gesprochen."*

Meine Lehrer in der Methodist Mission School in Bangalore waren nicht nett. Sie schlugen uns, wenn wir vergaßen, den Stirnpunkt oder die Stirnfarben nach einem Tempelbesuch abzuwischen. Um solchen Schlägen mit den Bambusstöcken zu entgehen, nahm ich an den

Sonntagsschulen der Missionare teil. Ich lernte viele Bibelverse auswendig und sagte sie laut auf, bevor ein Lehrer zum Stock greifen konnte.

Unterstützung bekam ich von der Geschichtslehrerin (Chandra Teacher), sie war zwar eine Hindu, durfte aber keinen Stirnpunkt tragen. Sie kleidete sich meist in weiße Saris, der Farbe der Missionare. Diese Lehrerin legte für mich immer ein gutes Wort bei Headmaster Wilfred ein. Wenn die Klasse ihm nicht folgte, wurde er wütend und schlug alle, die ihm im Weg standen, mit einem dünnen Stock, aber stoppte, wenn ich an der Reihe war und ihn anstarrte.

பள்ளிக்கூடம்

Die Zeit im St. Aloysius College in Cox Town (Bangalore) war sehr angenehm. Wir hatten einen großen Sportplatz und ein gut ausgestattetes Labor. Das College war erzkatholisch. Einmal bekamen wir hohen Besuch. Die ganze Schule wurde herausgeputzt und unsere khakifarbenen Uniformen mussten sauber und gebügelt sein. Dann kam der Bischof, gekleidet in eine rote Robe. Ausgesuchte Schüler durften in einer Reihe stehen, sich vor ihm verbeugen und seinen Ring küssen, denn er hatte eine Reliquie, ein kleines Stück Knochen von Jesus, bei sich, wie uns die Lehrer sagten.

Warum gerade ich die Ehre hatte, verstand ich nicht, denn die Lehrer wussten, dass ich einer Hindu Community angehörte, obwohl sich unsere Familie in Bangalore integriert hatte. Wir nannten uns nicht mehr Siddha, was man hier in der Großstadt auch bestimmt nicht verstanden hätte. Als ich an die Reihe kam, sah ich seinen goldenen Ring mit rotem Stein, aber keine Spur von Knochenstücken. Ich zögerte, da ich sowieso keine Knochen küssen wollte. Daraufhin schnappte mich der Sportlehrer am Kragen und zog mich zur Seite. Vor Schreck wurde meine Hose nass. Eine Segnung habe ich leider nicht bekommen.

Lernen gehörte nicht zu meinen Leidenschaften. Ich war in einer Clique, den „Pandawas", mit der ich immer großen Spaß hatte. Wir dachten uns wunderbare Entschuldigungen für Eltern und Lehrer aus und schauten uns die Matinee-Vorstellungen in den nahe gelegenen Kinos an, anstatt in die Schule zu gehen. Als Teenager waren wir sorgenfrei und fühlten uns cool, aber die Prüfer hatten kein Verständnis für unsere Einstellung. Diese Spießer haben einfach einige von uns durchfallen lassen. Daran waren die Matineen schuld – wir bestimmt nicht, niemals. Zwangsläufig löste sich die Clique irgendwann auf und ich musste das College wechseln.

Jedes Jahr bekamen im Joseph's College Studenten, die besonders fleißig waren, Preise und Auszeichnungen. Nun half alles nichts. Ich musste büffeln, täglich, oft spät bis in die Nacht. Mir wuchs langsam ein Schnurrbart und ich lachte seit langem schon nicht mehr laut. Wenn ich das PUC (Pre-University College) nicht schaffen würde, war ich verloren. Meine Eltern sagten nichts, sondern kümmerten sich um mich liebevoll. Ich schämte mich und schwor, die Prüfung mit Bestnoten zu absolvieren. Mein Vater garantierte mir seine Unterstützung für die Uni.

„Wenn du es nicht schaffst", warnte er mich aber, „dann musst du eine Lehre anfangen, hart arbeiten, und zwar körperlich, und du wirst dir im späteren Leben keinen Luxus leisten können."

Das Schicksal wollte es aber anders. Mein Vater war Superintendent in der Personalabteilung, hatte Einfluss und konnte mir eine Mechaniker- Lehrstelle bei Hindustan Aeronautics Limited besorgen. Die Ausbildung war hart, sehr hart. Ich beschloss nun, Elektromechaniker zu werden.

Diese Ausbildung verlangte mehr Kopfarbeit und das lag mir besser. Zufall oder Faulheit? Wie dem auch sei, dieser Beruf eröffnete mir später die Welt der Informationstechnologie.

Meine Lehrlingskollegen (Suresh 2.v.rechts)

Lehrzeit

Meine Lehre als Elektromechaniker absolvierte ich bei zwei Firmen. Eine produzierte Fahrzeuge, mit denen man Erdbewegungen durchführen konnte, und Zugwaggons, bei der anderen wurden Flugzeuge gebaut. Ich genoss die Ausbildung, lernte jeden Tag was Neues dazu.

Mr. De Souza, (2. v.r. sitzend auf Foto) ein Angloinder (so nannte man damals die Nachkommen der indo-britischen Ehen), war mein Mentor während der Ausbildung. Seine Muttersprache war Englisch, obwohl sein Name portugiesisch klingt. Als ich meine Zeugnisse mit Auszeichnung bekam, suchte ich ihn auf, er sagte nur *„Okay, very good, follow me"* und brachte mich zur Planungsabteilung. Dort sollte ich unter der Anleitung eines erfahrenen Mitarbeiters für die Planung der Materialversorgung eingesetzt werden. Da fragte man nicht, da widersprach man nicht, da sagte man: *„Thank you, Sir, I will not disappoint you, Sir."* Mr. De Souza antwortete kurz: *„Of course not"*, und ging weiter.

Es war spannend, durch alle Hallen zu laufen und sich um die Materialversorgung zu kümmern. Da alle Hallen mit Kränen ausgestattet waren, wollte ich mich unbedingt ganz nach oben hochheben lassen, um einen besseren Überblick über die Versorgungsinfrastruktur zu bekommen. Der Kranführer war beeindruckt: *„Endlich mal jemand, der sich Gedanken macht"*, sagte er, zählte alle Missstände auf, erklärte, wie man die Mehrfahrten reduzieren könnte, warum die Großteile draußen vorbereitet werden sollten, usw.

Es waren Tipps eines erfahrenen Kranführers, die Gold wert waren. Ich machte eine Luftskizze und optimierte die Versorgung. Dafür bekamen ich und der Kranführer Lob. Allerdings wurden wir beide auch getadelt. Denn mir war es verboten, den Kran zu besteigen, und er durfte mich ohne Genehmigung nicht in die Höhe fahren. Es war eine aufregende Zeit!

தொழிற்பயிற்சி

Mein Fahrrad und ich

Die Monsunzeit begann: Die Straßen waren in miserablem Zustand – überall dreckiges Wasser, die Busse fuhren nicht regelmäßig und die Regenschirme gingen ständig kaputt oder flogen weg. Da blieb nur eines, Regenmantel überziehen und aufs Fahrrad sitzen.

Mein Vater und ich waren ein Team, wir zerlegten Fahrräder in alle Einzelteile und reparierten sie. Aus zwei defekten Rädern bauten wir ein gutes, stabiles Rad, indem wir die Kugellager auseinanderschraubten und schmierten, Kugeln einsetzten und alles zusammenschraubten.

Mein Vater war ein Fan von „German Products" aus der GDR (German Democratic Republic). *„Sie sind sehr stabil und man kann sie leicht reparieren"*, sagte er immer.

Die „Fahrrad-Ausbildung" bei meinem Vater half mir mein Leben lang bei vielen technischen Arbeiten. Nach fünf Jahren Aufenthalt in Deutschland besuchte ich meine Familie in Bangalore. Als ich meinem Vater erzählte, dass ich nicht in der DDR, sondern in der FRD - Federal Republic of Germany wohnte, war er überrascht. Ich hatte damals meine Freundin mit nach Indien genommen und wir erzählten vom Leben in West Germany. Oft musste ich für meine Freundin aus dem Tamilischen ins Deutsche dolmetschen. Mein Vater sprach Englisch mit ihr.

Bei diesen Gesprächen merkte ich einmal nicht, dass ich vergaß, die Sprache zu wechseln, und erzählte ihm von irgendeiner Begebenheit auf Deutsch. Er grinste nur und schaute mich freundlich an. Es waren angenehme, herzliche und schöne Wochen mit meiner Familie.

An einem dieser Monsunregentage war ich auf dem Weg zur Schule spät dran. Ich fuhr schnell und waghalsig durch Bäche und nasse Abkürzungen. Es musste ja passieren, mein Fahrrad warf mich aus der Bahn. Ja, das Fahrrad war schuld, wer denn sonst?

Ich musste es nach Hause schieben, ziehen, tragen und schleppen. Ich saß zwei Stunden auf dem nassen Boden, reparierte es notdürftig und mein Vater bekam nichts davon mit. Mutter versorgte liebevoll meine Wunden.

„Möge Ganesha mit dir sein!", war alles, was sie sagte.

Bei unserer Nachbarin fügte sie jedoch hinzu: *„Es stimmt, junge Kälber haben keine Angst. Aber Ganesha wird ihn beschützen."* Seit dieser Zeit fuhr ich vorsichtig und mit mäßiger Geschwindigkeit.

Meine Mutter beauftragte mich, als Dank zu Ganesha in den Tempel zu gehen und als Opfergabe eine Kokosnuss auf dem Boden aufzuschlagen. Das tat ich auch, allerdings musste ich auf das köstliche Fischcurry meiner Mutter verzichten, denn am Tempeltag durfte nur vegetarisch gegessen werden.

Es war einfach wunderbar, wie meine Mutter Fischcurry in Kokosmilch zubereiten konnte. Dieses Aroma, dieser Geschmack von sanften Chemmeen (Süsswasserlachs), gekocht in Kokos-Curry aus sieben Zutaten und angereichert mit der Paste aus süßsauren reifen Tamarinden-Früchten, ist ein Gedicht.

Warum Deutschland?

Nein, ich wollte nicht weg von Indien, es gab keine Notwendigkeit! Anfang der siebziger Jahre war Indien ein vielversprechendes Land. Die Fünf-Jahres-Pläne der Kongresspartei waren realistisch und Indien begann, selbstständig und selbstsicher zu werden. Ich hatte damals gerade meine Teenagerzeit hinter mir und glaubte, erwachsen zu sein.

An einem Sonntagabend rief mein Vater nach mir. Wenn er anstatt *„Suraeesh"* nur *„Dah!"*

(*"Komm her!"*) sagte, wusste ich, dass es etwas Ernstes war. Ich dachte bei mir: *"Ich habe doch gar nichts getan: Das Fahrrad ist wieder repariert, ich gehe regelmäßig in die Abendschule, an Sonntagen besuche ich vormittags einen Kurs, in dem ich das Schreibmaschinenschreiben erlerne, und nachmittags schleppe ich mich noch zur Fahrschule."* Ich ging davon aus, dass es die Nachbarin gewesen sei, die mich bei Vater angeschwärzt hätte. Ich hatte eine heftige Diskussion mit ihr gehabt und ich glaubte, die Alte sei sauer auf mich. Stattdessen forderte Vater unmissverständlich: *"Füll' dieses Formular sauber aus, schön schreiben, besonders schön und alles deutlich lesbar!"*

Es ging um ein Auswahlverfahren für eine Praktikumsstelle in Germany. Da fragte man nicht, da widersprach man nicht. Ich sollte ab sofort anfangen, mich für die Prüfung vorzubereiten. Als meine Mutter Wind von der Sache bekam, folgten heftige Diskussionen mit Vater mit vielen Vorwürfen und Fragen, da sie mich bei sich behalten wollte. Oh je, dicke Luft. Ich nahm die Formulare und ging auf die Veranda, wo mein Schreibtisch stand. Mehrere Fragen tauchten auf: *"Wo liegt Germany? Wo ist mein Atlas? Meine Schwester hat ihn bestimmt verlegt! Warum muss ich nach Germany?"*

Einige Tage zuvor hatte ich einen weißen Jungen am See gesehen. Ich dachte: *"Solche Men-*

schen, die so komisch sprechen, kommen bestimmt aus Germany." Kein Wort hatte ich verstanden.

Als ich zur Assessment-Prüfung ging, verabschiedete meine Mutter mich nicht, sie blieb in der Küche. Es waren genau 400 Prüflinge, die Fragen waren gar nicht schwer, allerdings hatte ich zweimal die Hälfte von dem, was der deutsche Ingenieur sagte, nicht verstanden. Sprach er Englisch oder Deutsch?

Vier Wochen später, als ich von der Arbeit nach Hause kam, hörte ich, dass meine Eltern wieder einmal in eine heftige Diskussion verwickelt waren. Meine Schwester empfing mich mit einem breiten Grinsen und flüsterte: *„Du fliegst nach Germany mit einem Aeroplane."* Offenbar hatte ich die Prüfung bestanden. *„Germany"*, dachte ich. *„Wieso eigentlich? Wo ist nochmal Germany? Wo ist mein Atlas?"*

Mr. De Souza war nicht enttäuscht, als ich mich von ihm verabschiedete. Er gratulierte mir, lachte und freute sich. *„Don't forget us, my dear boy"*, sagte er zum Abschied. Er hatte mich noch nie vorher „my dear boy" genannt. *„Yes Sir, I will not forget you, Mr. De Souza, Sir."* Nein, ihn, meinen Mentor, vergessen…, niemals!

Meine Mutter hat meinem Vater nie verziehen, dass er mich nach Deutschland schickte.

Sieben Jahre später starb mein verehrter Vater. Ich erbte sein Tagebuch, seine Armbanduhr und diverse Unterlagen. Darin fand ich mein Horoskop, erstellt kurz nach meiner Geburt, und es stand darin: *„Dieser Mensch wird in einem von seinem Geburtsland weit entfernten Staat sein Leben verbringen."*

Bei uns gibt es ein Sprichwort: *Maatha, Pitha, Guru, Dhaivam*. Es ist ein sehr alter, aber bekannter Spruch in Sanskrit aus der vedischen Zeit. Zuerst kommt die Mutter, denn sie hat dich geboren, sie kennt den Vater und beide suchen einen Lehrer, der dir wiederum durch seine Lehre und sein Wissen den Weg zu Gott zeigt.

Ich hatte viele Lehrer, Berater, Mentoren und Gurus, aber mein Vater war mein Freund, Berater, Trainer, Mentor, also auch mein Guru. Vor allem aber war er mein Vater. Heute bin ich selbst Vater und Großvater, aber meinen Vater verehre ich noch immer.

Die Firma Trafo Union, eine Fusion zwischen AEG und Telefunken, sponserte für uns vierzig Praktikanten warme europäische Kleidung, Schuhe, Deutsch-Unterricht, Kurse fürs Benehmen und Informationen über Deutschland. Außerdem finanzierte sie bereits in Indien ein sechsmonatiges Vorbereitungstraining und Deutschunterricht bei Max Mueller Bhavan.

Ankunft in Deutschland

Ein halbes Jahr später landeten 40 indische Praktikanten in Stuttgart. Wir sollten eine zweijährige Ausbildung absolvieren und danach wieder zu Hause in Indien eingesetzt werden.

Es war ein warmer Tag im Juli 1972. Wir wurden von Mr. Kai am Flughafen Stuttgart freundlich empfangen. Er war unser Dolmetscher, Manager, Landsmann, Freund und Berater in einer Person. Schon die Fahrt in dem breiten, sich geräuschlos bewegenden Flughafenbus war ein Erlebnis. Die Straßen waren sauber und leer.

Alles war neu, während der Fahrt schauten wir von links nach rechts und zurück, überall gab es Schilder mit merkwürdigen Bildern darauf. Urplötzlich sahen wir, wie uns ein sehr breiter Bus entgegenkam und – oh nein! Er fährt direkt auf uns zu und der Fahrer weicht nicht aus! – Doch der entgegenkommende Bus fuhr einfach links an uns vorbei. Ein erleichterndes Seufzen und einer von uns sagte: *„Die fahren ja auf der falschen Straßenseite!"*. Kurz nach unserer Ankunft in der Burg-stallstr. 75 in Stuttgart zeigte Herr Kai uns unsere Zimmer. In jedem Apartment standen fünf Feldbetten, ein Tisch mit sechs Stühlen und eine kleine Küche. Im Keller befand sich eine Dusche, für 3 Minuten Warmwasser mussten wir 10 Pfennige einwerfen.

Der Auftrag der Familie

Eines Tages, es muss im Sommer 1973 gewesen sein, erinnerte ich mich an die Worte der jüngeren Schwester meiner Oma, als ich sie zum Abschied in Südindien besuchte. Sie saß auf der Veranda und unterhielt sich angeregt mit ihrer Freundin. Obwohl ich bereits 21 Jahre alt war, strich sie mir liebevoll über den Kopf und wünschte mir alles Gute für meine Ausbildung in Europa.

Dann wurde sie ernst und formulierte ihren Auftrag als Mitglied des obersten Familienrates: *„Du wirst sieben Meere und sieben Berge überqueren. Nimm sieben unserer Künste mit zu den Menschen dort und wenn du in die Heimat zurückkehrst, bring sieben Künste von dort hierher."* Danach segnete sie mich für meinen weiten Weg. Ihre Freundin ergänzte: *„Vergiss es ja nicht, es ist ein Auftrag und wir erwarten dich zurück, wenn du diesen Auftrag erfüllt hast."*

Tamil ist die lebende älteste Sprache der Welt und hat Wörter mit hohem Gehalt und tiefer Bedeutung. Ich hatte die Worte der beiden Frauen bis zu diesem Tag nur als gute Wünsche zweier älterer Damen und nicht als Auftrag betrachtet. Warum ich diese Worte auf einmal so ernst nahm, weitere Kurse belegte und freiwillig aktiv an Veranstaltungen des Deutsch-Indischen

Vereins teilnahm, kann ich nicht erklären, aber der Auftrag meiner Verwandten begleitete mich seit dieser Zeit.

Leben im Schwabenland

Das Wetter war im Juli warm und die Tage lang, so konnten wir uns schnell einleben. Der Tengelmann-Filialleiter wunderte sich, dass die Reiskochbeutel auf einmal zu den Bestsellern gehörten. Keiner von uns konnte kochen.

Wir experimentierten herum und brachten bald einigermaßen Essbares zustande. Nach einigen Wochen entdeckten wir einen Laden, in dem indische Produkte verkauft wurden. Fortan kochten wir um die Wette, die Kochanleitungen kamen per Aerogramm von besorgten Müttern, Tanten und Freunden.

Wir dachten, die Deutschen würden kein gescheites Rezept kennen, alles schmeckte für uns gleich und nach gar nichts. Manches roch so komisch. Auch das Bier hatte einen bitteren Geschmack. Nun improvisierten wir verschiedene Gerichte.

Egg-Pilaw war ein Hit. Man schlägt ein paar Eier in den kochenden Reis, dazu kommt ein halber Teelöffel Salz, ein Esslöffel Curry, ein Löffel Butter. Fertig in zehn Minuten. Dazu Limonen oder Mango Pickles. Lecker – na ja, wenn du Hunger hast. Ist der Pilaw zu salzig oder ist dir das Curry ausgerutscht, mische ihn mit drei Esslöffeln Joghurt und nenne das Ganze "Indo-German Pilaw!"

Wir wurden in der Firma in verschiedenen Abteilungen eingesetzt, um zu lernen und um zu arbeiten. Obwohl wir die Prüfungen des Goethe-Instituts in Bangalore mit Erfolg absolviert hatten, verstanden wir unsere Arbeitskollegen nicht immer.

Die deutschen Kollegen sprachen mit uns langsamer, aber untereinander redeten sie manchmal in einer geheimen Sprache, die wir später als Schwäbisch kennenlernten.

Einmal sagte der Meister: *„Gaangamaa!"* und lief weiter. Wir rätselten, aber wir lernten schnell. Nach einigen Monaten verstanden wir die Schwaben und riefen fröhlich *„heidanai", „jetzetle", „ha noi", „des goht fai net"* und bei *„gaangammaa!"* gingen wir mit.

Weiterbildung zum Computer-Techniker

Es sind, meiner Meinung nach, nicht die Politiker, die schnelle Entscheidungen treffen oder sich über die kulturellen Schranken der Gesellschaft hinwegsetzen und die Menschen zusammen bringen, sondern die Geschäftsleute.

Es waren die klugen voraussehenden Wirtschaftskapitäne, die Menschen aus dem Ausland nach Deutschland holten, zum Beispiel im Rahmen des Zusammenschlusses von AEG-

Telefunken und NGEF (New Government Electric Factory) in Bangalore. Nach dem zweijährigen Praktikum sollten wir zurückkehren nach Bangalore, um die dortige Produktion nach deutschem Standard zu steuern.

Nach zwei Jahren stellten wir fest, dass die Wirtschaft andere Gesetze hat. Die zusammengeschlossenen Firmen lösten ihre Verträge auf und wir standen da, wie bestellt und nicht abgeholt. Allerdings erhielt ich Unterstützung von der Firma, die uns nach Deutschland geholt hatte. Der Praktikumsvertrag wurde in einen Arbeitsvertrag für ein weiteres Jahr umgewandelt.

Ich erinnerte mich an die Schulzeit in Indien. Wir mussten zweimal umsteigen, wenn wir mit dem Bus in die Stadt fuhren, um von der Bücherei des British Council Bücher und technische Zeitschriften ausleihen zu dürfen. Es kostete uns viel Zeit, um an Wissen zu gelangen.

Deutschland war, in Bezug auf Bildung, ein Schlaraffenland. Abendkurse, Sprachkurse, technische Ausbildung, alles war möglich. Man musste sich nur anmelden und eine geringe Gebühr entrichten. Man konnte alles Erdenkliche lernen. Die Bücherei war kostenlos und eine Unmenge an Wissen stand zur Verfügung.

„Was macht man mit diesem erweiterten geschenkten Jahr?", fragte ich mich. *„Bildung ist die Lösung"*, sagte mein Verstand. *„Das ist die Basis für deine Zukunft"*, erklärte meine Vernunft.

Mit einem Studium und einem akademischen Titel sei ich ein gemachter Mann, dachte ich. Aber die Uni erkannte meine indischen Zeugnisse nicht an. Man riet mir, das Kultusministerium anzurufen. Dort erteilte man mir eine Absage, weil meine Zeugnisse und Bildungskenntnisse für das hiesige Bildungssystem nicht ausreichend seien, was mich nicht überraschte. Was ich nicht wusste, war: Auch die indische Kultusbürokratie erkannte ausländische Zeugnisse nicht einfach so an.

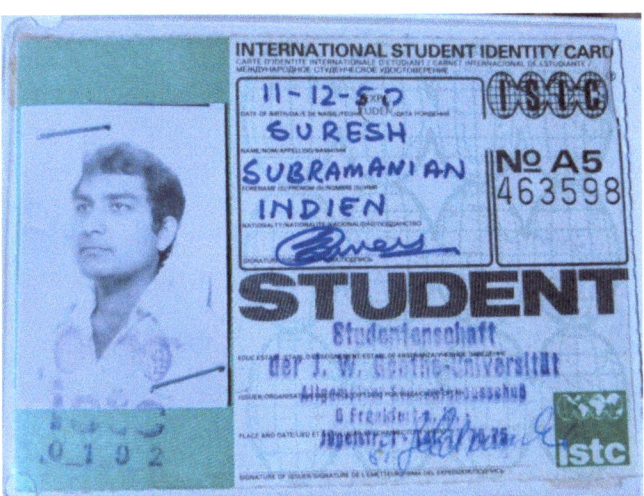

Was mich aber überraschte und beeindruckte, war die Form der Absage. Es war ein langer, höflicher Brief mit der Begründung, warum meine Schul- und College-Zeugnisse in Deutschland nicht anerkannt werden könnten. Das Ganze war mit zwei Unterschriften und Stempel besiegelt, ich empfand Respekt vor dieser Absage. Allerdings musste ich meinen Studentenausweis abgeben.

Ein anderes Mal schrieb mir ein Gremium der IHK, bestehend aus fünf Mitgliedern, ausführlich, warum meine indische Ausbildung nicht dem Standard in Deutschland entspräche, dass sie es bedauerten, mir eine negative Auskunft geben zu müssen und mir für die Zukunft alles Gute wünschten!

Wenn ich etwas nicht verstand und selbst nicht weiterkam, fragte ich andere Menschen. Sharma, ein Freund, informierte mich über eine Ausbildung zum Computer-Techniker. Zu dem Zeitpunkt erschien ein Artikel in der Zeitung, in dem stand, dass ein Taschenrechner entwickelt worden sei, den sich jeder durchschnittlich verdienende Mensch leisten könnte. Das Tolle war, man konnte diesen Taschenrechner sogar programmieren. Da ich bereits Grundkenntnisse der Elektronik aus Indien mitbrachte, wollte ich spontan eine Ausbildung zum Programmierer absolvieren.

Also bewarb ich mich beim Control Data Institut in Frankfurt. Ein paar Tage später rief ein Herr Schüler aus Frankfurt bei Trafo Union an, wo ich mein Praktikum absolvierte. Er stellte mir mehrere Fragen und schickte mir per Post einen Fragenkatalog. Ich sollte diese Formulare ausgefüllt zur Aufnahmeprüfung nach Frankfurt mitbringen. Da die Programmierer-Ausbildung in englischer Sprache angeboten werden sollte, machte ich mir keinerlei Gedanken. In Frankfurt empfing mich Herr Schüler sehr freundlich und bat mich, weitere mehrseitige Formulare auszufüllen. Dieses Mal waren die Fragen auf Deutsch und es ging um Grundlagen der Mathematik, Physik, Elektronik und Mechanik.

Ich wurde in einen großen Saal geführt. Mehr als 80 Personen waren anwesend. Nach einem Gongschlag durften wir mit der Aufnahmeprüfung für den Programmierkurs beginnen. Keine zehn Minuten später kam Herr Schüler wieder in den Saal und lief direkt auf mich zu. Er schnappte sich die Prüfungsblätter und forderte mich auf, ihm zu folgen. Ich war geschockt, wusste nicht, wie mir geschah, und alle Anwesenden im Saal schauten diesem Geschehen erstaunt zu. Ich ging mit geneigtem Kopf mit Herrn Schüler aus dem Saal. Er brachte mich in einen noch größeren Saal, wo mehr als 200 Personen saßen und fleißig an der Aufnahmeprüfung arbeiteten. Herr Schüler wies mir einen

Platz zu und ich entdeckte, dass es sich dieses Mal um die Aufnahmeprüfung für Computertechnik handelte.

Alle Fragen waren auf Deutsch. Ich schaute Herrn Schüler fragend an. Er ermunterte mich lediglich leise: *„Das schaffen Sie schon!"*, und verließ den Saal. Mir blieb gar nichts anderes übrig, also fing ich an, diese Fragen zu beantworten.

Einige Tage später rief Herr Schüler mich noch einmal an und teilte mir mit, dass ich die Aufnahmeprüfung bestanden hätte. Ich solle vier Wochen später meine Computertechniker-Ausbildung beginnen. *„Es gibt immer eine neue Chance"*, stellte ich zufrieden fest, nahm mein ganzes angespartes Geld und investierte es in meine Ausbildung. Da ich weder vom Arbeitsamt noch von anderer Stelle finanzielle Unterstützung bekam, nahm ich einen Kredit auf.

Ohne Hilfe hätte ich das nicht geschafft

Herr Schüler organisierte eine Einzimmerwohnung in der Nähe und genehmigte mir die Ratenzahlung. Meine gesamten Ersparnisse betrugen 7000 DM und der Kurs kostete 8000 DM. Eine ältere Dame aus Stuttgart, die ich durch meinen Klassenlehrer in Indien kennengelernt hatte, übernahm die Bürgschaft. Nach dem Abschluss wollte ich mir einen Job suchen, aber das Arbeitsamt wollte mir keine Arbeitsgenehmigung erteilen.

Dies war die Bedingung für die Aufenthaltsgenehmigung. Ein freundlicher Beamter vom Einwohnermeldeamt wollte mir unter der Bedingung helfen, dass ich zuerst Arbeit fände. Nach vier harten Wochen und einem Bewerbungsmarathon bekam ich einen Job bei Wang Laboratories. Der nette Beamte vom Einwohnermeldeamt rief das Arbeitsamt an und ich erhielt die Arbeitsgenehmigung. Innerhalb von zwei Jahren konnte ich den Kredit zurückzahlen.

Ohne Herrn Schüler, die hilfsbereite ältere Dame und den freundlichen Beamten wäre das alles nicht möglich gewesen.

Was können meine Freunde in Deutschland von mir lernen? Was kann ich nach Indien mitbringen?

Der Auftrag meiner Chinnaachi (Omas jüngerer Schwester) beschäftigte mich zu dieser Zeit häufig. In Briefen schrieb mir meine Mutter, dass die Familie für mich einen Pooja (das Ritual im Ganesha Tempel) veranstaltet hatte. Mutter schickte mir die Relikte dieser Zeremonie in Form von weißer Asche und Sandelholzpaste, die sie vom Priester erhalten hatte. Vierzehntägig schrieb ich Aerogramme, erklärte das Leben in Deutschland und berichtete meist nur positiv.

Aber auch die negativen Seiten des Lebens beschrieb ich, z.B. dass es mir in den Wintermonaten sehr kalt war und ich die Familie, die Feste und die leckeren Dosas, Idly, Vadas, Sambars (vegetarische Gemüsegerichte) und den starken South Indian decoction Kaafii (ungefilterten Kaffee) sehr vermisste.

Im Frühjahr 1975 wurde mir klar, dass es nur noch wenige Monate waren, bevor ich in die Heimat zurückkehren würde. *Ich fragte mich, was ich mitgebracht hatte und was ich mitnehmen sollte.* Die Zeit drängte: *Was würde ich meinen Verwandten in Indien erzählen können? Würden meine Erzählungen ihren Erwartungen gerecht werden?*

Ich musste doch als foreign returned person etwas präsentieren: Bilder vorführen, erzählen, berichten. Oh Ganesha! Ja, ich musste ihn fragen. Wie viele Kokosnüsse hatte ich schon für ihn aufgeschlagen? Er würde mir bestimmt helfen. An einem Freitagmorgen entschloss ich mich, mein Ganesha Mantra zu rezitieren. Ich stellte die Ganesha Figur gen Osten gerichtet auf den Fenstersims:

„vakratuNDa mahAkAya

suryakoTi samaprabha |
nirvighnam kuru me deva
subha kAryeshu sarvadA "

Wie oft ich die Mantra rezitierte, zählte ich nicht mehr. Ich versank in tiefe Meditation. Als ich meine Augen öffnete, war die Sonne untergegangen. Meine Füße schmerzten, denn lange hatte ich nicht mehr in Yoga-Asana gesessen. Ich versuchte, mich zu konzentrieren und fragte mich fortwährend: *"Was tue ich? Wo bin ich? Was ist los?"* In solchen Augenblicken trinkt man einen Masala Chai (Milchtee mit Gewürzen), aber nicht alleine. Ich verließ das Haus und ging zu Freunden.

Am darauffolgenden Montag fragten die Kurskameraden: *"Was hosch denn g'macht am Wochaend?" "Nix, hab bissl Yoga gmacht, hab Freunde getroffen, war auf dem See Bootle fahren, so halt."* Es war eine gemischte Gruppe, ein junger Mann von den Philippinen war der Sohn eines Managers, er hatte keine Geldsorgen, ein anderer kam aus Afrika, ein sympathischer Typ, der immer laut redete und lachte, dann noch ein rundlicher Typ aus Tschechien, der kaum etwas sagte, aber in den Prüfungen immer die besten Ergebnisse erzielte. Die restlichen 18 Leute waren aus Deutschland. Die meisten deutschen Kameraden hatten entweder eine Lehre oder mehrere Jahre Berufspraxis hinter sich.

Ein Polizist war auch dabei, er musste sich umschulen lassen und er erhielt finanzielle Unterstützung vom Staat. Dieser sanfte Ex-Polizist wollte von mir mehr über Yoga erfahren. Als ich die Pranayoga (lebendiges Lebensyoga) vorführte und ein paar Asanas (Yogahaltungen) darstellte, war er sehr beeindruckt. Die anderen grinsten zu Beginn meiner Erzählung und lachten, dann wurden sie still und lauschten gespannt, ohne eine Miene zu verziehen und kommentierten nicht. Ab diesem Zeitpunkt musste ich jeden Mittwochnachmittag Yoga-Kurse geben. Da mir langsam das Material für die Kurse ausging, bat ich meine Verwandten um schriftliche Unterstützung. Ich bedauerte, dass ich mir in Indien nicht die Zeit genommen hatte, um mehr über Yoga zu lernen.

Als es bei einer Party nichts „Gescheites" zu essen gab, kochte ich mit der Gastgeberin Sambar und Reis. Sambar ist eine Art vegetarische Ratatouille auf südindische Art. Dieses Gericht war das einzige, das ich einigermaßen gut kochen konnte, und es schmeckte allen Anwesenden. Später hieß es, ich hätte ihnen einen Kochkurs gegeben.

Da fiel mir ein, ich hatte die Menschen ja bereits in zwei indische Künste eingeführt. Ich zählte sie auf, als Drittes könnte ich kleine Vorträge über die Religionen und Weltanschauungen der Inder halten, über die indische Geschichte, über die europäischen und arabischen Besatzer, über die Literatur, Geschichten und Erzählungen der alten Inder und so fort.

Es waren alltägliche Dinge, die sich jeder Inder aus dem Ärmel schütteln konnte, alles nichts Außergewöhnliches. Wie ich später erfuhr, taten auch die anderen Inder, die hierherkamen,

Ähnliches, ohne dafür von jemandem einen Auftrag erhalten zu haben!

In drei Jahren sammeln sich allerlei Souvenirs, Bilder, Bücher und andere Erinnerungsgegenstände an. Diese Sachen verschiffte ich in zwei großen Koffern. *„In sechs Monaten werden die Koffer Madras Port erreichen"*, versicherte mir die Spedition.

Nun wollte ich die Künste der Europäer kennenlernen, damit ich in der Heimat etwas zu erzählen hatte. Singen war nicht meine Stärke, aber vielleicht tanzen. Westliche Musik, Literatur, Malen, Kampfkunst, Fußball und Kuchen backen standen auf meiner Liste als „noch zu erlernende Künste". Ich wollte ja keineswegs Meister dieser Künste werden, aber etwas vorführen und erzählen sollte ich schon können.

Die Zeit wurde knapp, also dachte ich: *„Beginne mit dem Einfachsten und melde dich in einer Tanzschule an."* Das brachte eine gewaltige Wendung in mein Leben.

Es gab nicht viele Tanzschulen in Stuttgart in den Siebzigern. Ein deutsch-dänisches Paar betrieb eine Tanzschule auf der Königstraße. Mein Ziel war, dort nur die Grundkenntnisse der lateinamerikanischen Tänze zu lernen. Meine Tanzpartnerin hatte bereits Erfahrung und konnte Walzer und Tango. Für sie war es ein Auffrischungskurs und für mich eine Katastrophe. Sie ließ sich nicht führen, sondern führte mich, irgendwann fügte ich mich ein und niemand bemerkte etwas von unserem Rollentausch. Der Tanzlehrer war auch zufrieden.

In dieser Tanzschule lernte ich zwei schüchterne deutsche Mädchen kennen. Beide sprachen im breitesten Schwäbisch und ich verstand vieles nicht. Eine von ihnen gefiel mir sehr und es dauerte nicht lange, da hatte ich mich „verguckt". Der Abschlussball war wunderschön und blieb unvergesslich in meinen Erinnerungen.

Dieses Mädchen veränderte mein Leben

Sie war 20, ich vier Jahre älter und wir wurden in den darauf folgenden Monaten ein Paar. Dabei hatte ich nicht an Heirat, Familie usw. gedacht. Das Mädchen veränderte mein Leben, sie schenkte mir nicht nur ihr Herz, sondern auch Zeit und Liebe, wie ich sie noch nie erlebte hatte. Aber meine Ausbildung zum Computertechniker holte mich nach Frankfurt.

Damals gab es weder Handys noch Internet oder E-Mails. Da sie in Stuttgart arbeitete, blieben uns nur abendliche Telefonate für unser Liebesgeflüster übrig. Ich in der Telefonzelle, sie in ihrer Wohnung in Stuttgart.

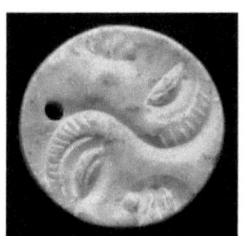

Meine Einzimmer-Dachgeschosswohnung in Frankfurt hatte keine Kochnische und auch kein Bad. Ich musste zwei Stockwerke tiefer zum Vermieter gehen und durfte nur zweimal die Woche duschen. Wenn man gewohnt war, täglich zu duschen, hatte man ein ungutes Gefühl an den Tagen, an denen man nicht duschen konnte. Ich besorgte mir eine Dauerkarte für das nahe gelegene Schwimmbad und ging täglich dorthin. Richtig frühstücken konnte ich in der Einzimmerwohnung nicht, weil ich dort nur Kaffee kochen durfte. Sogenanntes gutes Essen gab es nur dienstags im Restaurant einer amerikanischen Fastfood-Kette. Für sieben D-Mark konnte man sich hier satt essen.

Eines Samstags, als ich meine Wohnung verließ, sah ich jemanden auf den Stufen sitzen. Erstaunt fragte ich: *„Was machst du hier? Wann bist du gekommen?"*

Sie war mit dem ersten Zug gekommen, um mich zu überraschen. Ich nahm sie mit ins Zimmer und dann gingen wir frühstücken und die Stadt anschauen. Sie übernachtete bei mir auf einem 1,20 m breiten Bett, was zu zweit nicht bequem war.

Am Sonntagabend brachte ich sie zum Bahnhof. Als ich zurückkam, fand ich einen Briefumschlag, der an meine Wohnungstür geklebt war. Der Briefumschlag hatte keine Briefmarken, der Absender war mein Vermieter. Darin wurde mir kurz und bündig fristlos gekündigt. Begründung: Unerlaubte Übernachtung einer fremden Person in meiner Wohnung.

Ich war schockiert und wusste nicht, was ich tun sollte. Niemand hatte mir damals gesagt, dass ein Mieter auch Rechte hatte. Ich rief einen Makler an und eine Woche später hatte ich eine andere Einzimmerwohnung, dort war auch eine kleine Küche. Meine Freundin besuchte mich jedes Wochenende. Mein Leben veränderte sich völlig. Es waren schöne und stressige Zeiten.

Da ihre Eltern mit ihrer Wahl nicht einverstanden waren, war sie unglücklich. *„Wenn sie mich kennenlernen, wird alles anders"*, beruhigte ich sie. Da ich von mir selbst überzeugt war, war ich mir sicher, dass sie mich mögen würden. Schließlich stand ich doch in Indien als Bräutigam hoch im Kurs. Ein paar Heiratsmakler hatten meinen Eltern bereits Angebote unterbreitet und mir einige Bräute mit hoher Mitgift vorgestellt.

Der Antrittsbesuch im Schwarzwald verlief sehr kühl. Die jüngeren Geschwister und die Mutter meiner späteren Frau waren neugierig und nett. Nur der Vater stellte sich quer. Wir hatten nicht nur sprachliche Verständigungsprobleme, wir verstanden uns auch später nicht mehr.

Nein, eine feindselige, fremdenfeindliche Haltung oder ein solches Verhalten habe ich nicht erlebt, aber ich passte nicht in ihre Vorstellung. Ich hatte einfach Pech mit dieser Familie. Schlechtes Karma!

Als ich mit meiner deutschen Freundin nach Hause in Indien ankam, gab es zuerst Missstimmung. Aber die junge Deutsche, die später meine Frau wurde, war so herzensgut und geduldig, dass man sie in die Familie integrierte.

Kulturelle Identität meiner Kinder

Wir Eltern, eine Schwäbin und ein Inder, wollten unsere Kinder interkulturell erziehen. Die Kinder kennen nun beide Kulturen und wir haben immer beide kulturellen Festlichkeiten gefeiert. Es gab jedes Jahr einen Weihnachtsbaum, Adventskerzen, das Lichterfest und Durga Puja (Gebetsrituale für die Göttin Durga). Die beiden Sprachen, die zuhause gesprochen wurden, waren allerdings Deutsch und Schwäbisch. Da ich im Außendienst tätig war, konnte ich meinen Kindern die indische Sprache nicht beibringen.

Es ist schade, denn Sprachen bereichern die Menschen und erweitern ihren Horizont. Sie fühlten sich eher als Deutsche und nur, wenn sie indische Trachten anhatten, benahmen sie sich wie Inderinnen, aber auch nur zum Spaß. Wir motivierten die Kinder, andere europäische Sprachen zu lernen. Heute sprechen unsere Kinder zwei bis drei Fremdsprachen.

Sie hatten kaum oder nie Probleme wegen meiner Herkunft, vielleicht auch deshalb, weil sie sehr hellhäutig sind. Aber die Gesichtszüge und Haarfarbe lassen erkennen, dass ich ihr Vater bin, wenn wir nebeneinander stehen.

Meine Kinder haben Indien nie als ihr Herkunftsland bezeichnet, ich bestand auch gar nicht darauf. Ich glaube, meine Kinder haben uns vor ihrer Geburt schon als Eltern gewählt. Es mag vielleicht esoterisch klingen, aber so sehe ich es eben. Außerdem betrachte ich es als ein Privileg, Vater meiner Kinder zu sein.

Was ich in Deutschland vermisse?

Manchmal habe ich Sehnsucht nach den Verwandten in Indien, den regelmäßigen spirituellen Festen, den Gefühlscocktails der Bollywood Filme, den Sprachen, Dialekten, die man alltäglich benutzt, den sinnlosen Diskussionen, die meist zu nichts führen. Es ist besser, dass ich nicht darüber nachdenke, sonst komme ich ins Grübeln und kriege Heimweh.

Auch die Herzlichkeit und die Gastfreundschaft, die man in südlichen Ländern, wie der Türkei oder in Italien erfährt, vermisse ich in Deutschland oft. Wenn ich hier von Lifestyle rede, dann denkt man in Deutschland oft an Luxus, an teuren Sport, schicke Kleidung usw. Aber ich rede von Offenheit, banalen oder ernsthaften Gesprächen, davon, einfach nichts Ernstes zu tun, die Zeit zu genießen, in sich zu gehen, vor sich hin zu träumen, laut zu lachen und Quatsch zu reden, auch davon, gemütlich mit Verwandten oder Freunden zu kochen, mit den Kindern zu spielen, Spaß zu haben. Einfach zu leben, zu genießen und nebenbei noch zu arbeiten.

Fremdenfeindliche Erfahrungen?

Natürlich gibt es diese Erfahrung. Jeder Fremde in Deutschland, zumal mit einer anderen Hautfarbe, wird irgendwann damit konfrontiert. Ich könnte eine Liste davon erstellen, welche idiotischen Vorstellungen meine Kollegen Günter, Klaus, Micha und Hans-Dieter von Menschen anderer Kulturen haben. Aber es sind immer die gleichen und es ist Zeitverschwendung, sie aufzuzählen. Falsche Erziehung ist der Grund für dieses rassistische Verhalten. Als Beispiel kann man Inder anführen, die ihre Kinder das Kastensystem lehren, obwohl sie wissen, wie menschenverachtend es ist. Als technischer Berater im Außendienst war ich in fast allen Städten in Süddeutschland bei den bekanntesten Firmen tätig. Man lernt die Menschen hier von unterschiedlichen Seiten kennen. Dabei erfährt man oft von ihren Wünschen, Einstellungen zum Leben, ihrer Motivation, Bildung, ihren Familienhintergründen usw. Gebildete Menschen und Menschen, die im Ausland gelebt haben, haben wenig Ressentiments gegenüber Fremden.

Dabei möchte ich nicht behaupten, dass ungebildete Menschen von Natur aus Vorurteile haben, aber Vorurteile basieren meist auf Unwissenheit und falscher Erziehung. Interessant fand ich zwei Bemerkungen, die man sich hinter meinem Rücken zuzuraunen pflegte.

Eine davon war der Spruch von Gertie: *„Was hat der Tempeltänzer doch für einen komplizierten Bericht erstellt!"* Der andere kam von Armin, einem Monteur aus einer kleinen Gemeinde in Süddeutschland: *„Der Angeröstete will von mir, dass ich alles nochmals überprüfe und richtig mache."* Ich empfand die beiden Sprüche nicht als diskriminierend, denn mein Traumberuf war es, irgendwann einmal ein Tempeltänzer zu werden und in tänzerische Ekstase zu geraten.

Ein „Angerösteter" ist ein sehr weiser und lebenserfahrener Yogi. Weil ich dunkelhäutig bin, werde ich von fremden Menschen meist falsch eingeschätzt, entweder bin ich ein Arzt oder Ingenieur oder ein Rosen- oder Pizzaverkäufer. Wenn die Menschen einen Fremden zu Beginn in eine falsche Schublade einordnen, kann er Vorteile oder Nutzen aus diesen Vorurteilen ziehen.

Dies kommt besonders in dem Spruch „Kleider machen Leute" zum Ausdruck, der seine Wirkung bis heute nicht verloren hat. Wenn man gut gekleidet und zudem rhetorisch ein bisschen gewandt ist, kann man bessere Behandlung und Freundlichkeit erleben. Wird man unterschätzt, ist das möglicherweise auch vorteilhaft: Man hat weniger Stress und kann sich einiges erlauben, hat sozusagen Narrenfreiheit.

Durch Hautfarbe, Aussehen, Kleidung, Körpersprache, Stimme und Verhalten lässt sich in Deutschland vieles leichter erreichen, je nachdem, wie man diese Eigenschaften einsetzt und ob man die kulturellen Codes kennt.

Wo ist meine Heimat?

"Wohin gehst du in den Urlaub?", wollte mein Arbeitskollege wissen. *"In die Heimat, wo meine Wurzeln sind"*, sagte ich spontan. Aber nach vier Wochen in der alten Heimat bekam ich immer Heimweh nach Deutschland, meiner Wahlheimat, denn dort hatte ich ja auch ‚Wurzeln geschlagen'.

Dort waren meine Familie, Freunde, Bekannte, Orte und vieles, was mir am Herzen lag. Ich fuhr dann immer zum Strand in Kerala, nicht nur, um ein Glas kühles Bier zu trinken, sondern auch um meine „Landsleute" aus Deutschland zu treffen und mit den vielen Ausgewanderten Deutsch zu sprechen. Dabei trinke ich selten Bier in Deutschland und es war ein eher befremdliches Gefühl, dass ich plötzlich das Bier und meine Wahlheimat vermisste. Seltsam! Ja, zu dem Zeitpunkt waren es bereits zweiundzwanzig Jahre, dass ich in Deutschland lebte.

Einmal, als ich aus Sehnsucht ein Bier trinken gegangen war und die Bar auf der Mahatma

Gandhi Road in Bangalore verließ, hörte ich, wie der Kellner nach mir *„Sir, Sir!"* rief und zu mir auf die Straße mit der ein Liter Bierflasche mit Schraubverschluss in der Hand lief. *„Sir"*, er schnaufte: *„Sir, die Flasche ist noch fast voll, Sie haben ja kaum etwas davon getrunken, aber bezahlt. Bitte nehmen Sie die Flasche mit!"* Ich dankte und lehnte freundlich ab.

Die ersten Schlucke waren wunderbar gewesen, aber bald hatte es mir nicht mehr geschmeckt. Ich hatte „meine Leute" gefunden und mit ihnen gesprochen, aber ich hatte nichts von meiner Sehnsucht verraten. *„Ich bin schon komisch"*, dachte ich.

Jahre später sollte ich den Begriff Heimat beschreiben. Sie ist überall dort, wo du dich wohlfühlst, wo du ohne Furcht alles sagen kannst, wo deine Freunde sind, wo du sorglos schlafen kannst, wo man dich versteht und es möglich ist, du selbst zu sein. Ja, das Gleiche empfinde ich auch in meiner Mutterheimat, also habe ich zwei Heimaten.

Heimweh

Man sagt, Heimweh sei schlimmer als Durst. Der Mensch vermisst seine Heimat, auch wenn er Wurzeln in der neuen Heimat geschlagen hat. Sein Horizont erweitert sich in beide Richtungen und plötzlich hat er zwei Heimaten. Dann hat der Mensch immer Heimweh nach der jeweils anderen Heimat. Ich persönlich finde es nicht schlimm, sondern betrachte es als eine Bereicherung. Glück ist, wenn man hin- und herpendeln kann.

Heute bin ich Großvater, Vater, Partner, Freund, Berater, Freidenker, Parteiloser und Reisender. Über 42 Jahre berufliche Tätigkeiten berechtigen mich, Rente zu beziehen. Eigentlich lebe ich erst richtig, nachdem ich Rentner geworden bin. Ich war Elektromechaniker, Computertechniker, Programmierer, Trainer, Manager, technischer Leiter, Berater. Aufgrund meiner beruflichen Leistungen konnte unsere Familie gut leben.

Was bedeutet Integration?

Man braucht zwei Hände, um zu klatschen. Bei der Integration von Menschen ist es genauso und beide, der Ausländer und die Einheimischen, müssen sie wollen. Es ist eine Art Assimilation, allerdings ohne kulturelle Verschmelzung. Es ist wie bei der Currywurst: Ich bringe Curry mit, du vegane Wurst und der Freund aus Amerika Ketchup. Das schmeckt doch prima. Wir haben etwas Neues kreiert, das heißt aber nicht, dass wir in Zukunft nur noch Currywurst essen müssen, das wäre ja furchtbar. Die Finger unserer Hände sind verschieden lang und so gehört es sich auch. In den Siebzigern war Deutschland ein Entwicklungsland in Sachen Integration. Heute ist Integration in aller Munde und die Menschen sind aktiv daran beteiligt. Ich sehe diese Entwicklung sehr positiv. Es ist noch verbesserungsfähig, aber die Tendenz geht in Richtung Frieden und Toleranz, und das trotz Pegida und AfD. Das liegt vor allem auch daran, dass die Menschen dank neuer Medien besser informiert sind als noch vor einigen Jahren.

Meinen Lebensabend möchte ich in meinen zwei Heimaten verbringen, mal in Indien, mal hier, solange wie möglich.

Ludwigsburg, Juli 2016

நமஸ்காரம்

[2]Quelle:
http://wiki.yoga-vidya.de/Ayurveda_Marma_Massage